o corte que desafia a lâmina

Antonio Arruda

o corte que desafia a lâmina

Antonio Arruda

EM NOME DO FILHO/

/DA MÃE, DO PAI, DO ESPÍRITO

Se dou minha vida à própria vida, à vida por viver, à vida
[a perder
(não gosto de dizer: à experiência mítica), abro os olhos para
[um mundo
onde só tenho sentido ferido, dilacerado, sacrificado, *onde*
[a divindade,
do mesmo modo, não é senão dilaceramento, execução, sacrifício.
[...]
A santidade exige a cumplicidade do ser com a lubricidade,
[a crueldade, a zombaria
[...]
Cruelmente, esgarço o rasgão: nesse momento, atinjo o ponto
[de êxtase.
A compaixão, a dor e o êxtase se combinam.

Georges Bataille, *O culpado*

(Tradução, apresentação e organização: Fernando Scheibe)

EM NOME DO FILHO/

sentado na poltrona olhando para um ponto da casa além da materialidade da casa e além da materialidade de seu olhar de lago

,

profundo

,

atravessando a densidade da parede.

Um corpo decompondo-se.

O cheiro podre esparramando-se pela memória afetuosa do lar. A sonda, o soro, o alimento pastoso injetado pela mãe, os aros grossos dos óculos contornando a vida ainda pulsante

,

apesar de.

Os aros grossos emoldurando a superfície vítrea onde o amanhecer assombrava a morte com seus raios

,

apesar de.

Apesar de

,

era doce o olhar do pai.

A pele preta do pai com seus sulcos, veios de antigo rio, raízes de alegrias da infância. Riscos memoráveis – a escrita na pele preta das palavras nascidas do esôfago, como arroto, desde que a lâmina cortou a garganta e arrancou a faringe, a laringe, a voz.

No leito do hospital, olhou para mim e me entregou um pequeno pedaço de papel: "Está tudo bem, meu filho".

O dia anterior foi o último em que sua voz, rouca e fraca, sussurrou palavras das quais não me lembro. O que me restou foi o "Está tudo bem, meu filho", escrito naquele pequeno pedaço de papel, entregue pelo pai no dia seguinte à laringectomia que extirpou mais uma parte do câncer que o carcomia – ossos, próstata, metástase...

palavra tão sonoramente bela pode carregar a morte em cada fonema? Será por isso que a beleza estética da metástase-palavra se forma como verbo onde habita o anúncio da podridão? Não é, a palavra, também decomposição? Como pode o putrefato-substantivo, escritor da devastação da carne e do corpo, conduzir assim – em sons que ecoam a finitude da vida em sílabas que ressoam a explosão do cancro – o autor ao ponto em que se desescreva nas palavras do pai entregues como mensagem de quê?

Esperança? Alento? Conforto?

Em qual conforto é possível repousar diante do pai sem voz? Qual fala se expressa quando o olhar da morte ressignifica-se em um "está tudo bem, meu filho", sendo que a metástase atravessa a palavra vida? Qual estética me consome, carcome, penetra como a memória daquele instante em que o "está tudo bem, meu filho" ficou escrito em mim como o Incompreensível-amor-do-pai que queria o quê?

Proteger, aninhar, acalentar o filho também sem voz?

revelam cortes que me atravessam, ultrapassam.

A navalha cortando a garganta do pai.

A lâmina leve tocando a superfície traz em si a densidade da inevitável morte.

Mas não haverá morte, ainda.

Haverá o que se cala, a extirpação dos órgãos, o silenciamento da voz

,

mas não

,

não haverá morte.

A LÂMINA

atravessa possibilidades de cura.

não vi a luz clara, forte, que incidia sobre o corpo do pai na mesa de cirurgia. Não vi essa luz. Antes outra, de um mistério que me trespassava.

Esse mistério que me trespassava cortava mais que a lâmina extirpadora dos órgãos do pai. Mistério que me trespassava – ausência da voz do pai. Que me trespassava – ausência da voz. Me trespassava. Ausência da. Trespassava. Ausência.

Do

Pai.

Esse mistério que me trespassava como a luz clara e gritantemente invasiva que se sobrepunha ao corpo do pai no instante em que a lâmina rasgava sua garganta

essa luz

mistério da não-voz que ainda ecoa na minha.

do pai era névoa a tocar a superfície do lago.
O silenciamento do pai, avencas em agonia.
O silenciamento do pai, noite presa nela mesma.

O silêncio do pai é poeticamente terrível.

O silêncio do pai dá voz à palavra do filho
lâmina-texto, palavra extirpada do coração
palavra-corte – atravessamento da Memória
A não-voz do pai – cicatriz entregue em um pedaço de papel:
"Está tudo bem, meu filho".

cicatriz de cortes incomensuráveis.

Do corte à cicatriz na garganta do pai nasce o percurso literário? Talvez comece aí o entrefácio da voz poética? Seria esse o corte primordial que desafia a lâmina sedenta por cortar o falo-mítico totêmico – essa metástase textual, erótica, obscena?

sentado na poltrona às vezes me falava com olhos de desespero.
Lago agitado.
Ventania a revoar a superfície dos olhos.
O penetrar intenso dos olhos-lâmina.
A superfície-lâmina do lago-olho a me cortar todo.

Abundantes olhos na face cadavérica.
Abundantes de um sofrimento inverso ao amor que sempre tive.
O amor cicatrizado no pedaço de papel,
atravessado pelo corte-estético que me toma como obsessão.

Sempre se escreve um mesmo texto quando o que se acessa
é a mãe de todas as dores.

E, desde esse instante, na melancolia da infância, o desejo
costura cortes com linha que nunca cessa de perfurar as
carnes da escrita.

O corte no texto é o que dá voz ao silêncio,
é o que conduz à cicatriz-palavra, esteta do terrível,
que desenha êxtases na pele moribunda.

lia Bíblia e jornal. Só. A notícia, a missa. Na cadeira de suor dolorido, crosta de silêncios. O rito dominical. Haveria, também, olhos nas costas? Olhos arranhados pelo atrito entre o tecido e o suor? Qual dor guarda-se nas costas, a olhar de frente os encostos em que nos iludimos no repouso? A lâmina rasgaria o encosto da poltrona do pai?

buraco ocupado por um tubo metálico por onde saía a voz. Foi necessária a cicatrização para que o tubo pudesse servir ao que veio. Antes, só tubo. E agora a faringe e a laringe do pai são apenas uma faringe e uma laringe. Antes, voz.

Para onde foram a faringe e a laringe do pai depois que arrancadas de seu corpo?

fenda poética por onde atravessa a palavra.

O corte também se dá no pensamento. Na rememoração toda ela em pedaços. No recapitular dos instantes, onde um processo cirúrgico de relembrança opera o nascimento do livro. O buraco na garganta do pai é por onde atravessa toda uma vida de filho, e toda uma escrita que apodrece no exato momento em que nasce – é essa a estética que me estripa.

só

um texto-corte pode dar conta de tanta dor estética.

AMOR

cicatriz que pousa sobre inevitáveis, infindáveis cortes.

se olhasse agora para trás e encontrasse seu eu-criança, o menino-mirante, e ele te perguntasse:

— O que procuras, Antonio?

O que responderias?

Ficaria em silêncio, fitando seu olho-lago a mirar o futuro na morte, a contemplar, no corte, a paisagem do último pôr do sol.

Iria de mãos dadas com ele ao encontro do

"está tudo bem, meu filho"

,

e sussurraria em seu ouvido que ele não precisa aceitar o papel.

Pode até mesmo rasgá-lo na frente do pai.

Isso também seria amor.

Voltaria para casa e me deitaria com ele no colo da mãe.

Faríamos cafuné uns nos outros até que o pai retornasse.

Então partiria, deixando ao menino-pupila minha lágrima vertendo no Tempo.

no Tempo quando se olha para trás é o mesmo que o Corte
no Texto
o Corte
no Texto quando se olha para trás é o mesmo que o Corte
no Tempo.

onde a lâmina-palavra rasgou-se Luz, onde aquele clarão todo trouxe à consciência a inevitabilidade da morte, anunciada em intervalos de silêncio e urro, pluma e lama, brisa e mofo.

O cheiro acre do podre do pai no fio da navalha-vida, essa metástase que nos avassala.

Até hoje

E nos corta

~~Eternamente~~

.

.

.

/DA MÃE, DO PAI, DO ESPÍRITO

Caminhava pelo longuíssimo corredor, descalço, pés frios.

Da fresta da porta do quarto, uma escuridão ainda maior invadia os olhos semicerrados – sentia uma estranha familiaridade com as sombras que se projetavam, mais escuras ainda, e densas, nas paredes. Às vezes tinha a sensação de que eram elas que se moviam.

Ele, estático: olmo enraizado entre túmulos e flores secas, aguardando vento que o sacudisse, ressuscitando aqueles mortos todos

seus passados e temores
seus cabelos e unhas e dentes
símbolos do telúrico.

Lentamente, muito lentamente, abria e fechava os olhos – sem ultrapassar o limite do soaberto, dois espaços se acasalavam, o negro e o negro negro, e entre eles suas memórias de caos e luzeiro

interstício de morte e delírio
almas insanas com suas bocarras soavam melodias de Liszt
de seus dedos respingavam suores fúnebres, abriam sulcos no chão
deslizavam, qual azougue, em direção ao quarto.

Vislumbrou, primeiro, o punhal.

O sangue já seco, caído ao lado da cama. Minúsculos riscos vermelhos nascidos de veias que, se antes costuravam os finos braços maternos, agora, deslocadas pelo sopro estridente do demo, formavam outro corpo ali, naquele chão antigo

onde os pais numa noite quentíssima de verão o conceberam.

Nascera quase do avesso, talhado pesadelo de Aleijadinho.

Eram tortos, cambaleantes, quasímodos seus passos pelo corredor em direção à fresta da porta de onde, fera prestes a atacar, saía a escuridão mais palpável que a noite.

Com dedos leves, a mãe tocava "A Lúgubre Gôndola".

O pai investigava o *Unheimliche* freudiano.

Sentado na poltrona, à luz da lua – escritora de manchas sobre a escultura que ele amiúde apalpava enquanto lia. Os óculos suspensos na ponta do nariz prestes a caírem no abismo daqueles pensamentos de filósofo incapaz de acolher o filho com amor.

Ele, num canto, observava o quanto suas vértebras barrocas poderiam ter sido a decifração da Beleza, anterior a qualquer definição acadêmica, a qualquer dedilhar materno – ela,

imersa em sua genialidade, também incapaz de dar-lhe o acalanto esperado de uma mãe.

CORTE III –

Desejo é angústia que o inconsciente grita entredentes, e o coração ouve como súplica indecifrável.

Naquela noite, o monstro dos becos recônditos de sua alma
[corria,
no labiríntico anseio de liberdade corria,
até lançar as garras de ferro sobre seu ânimo.

Abriu a caixa e pegou o punhal, relíquia de família. Acarinhou a joia mortífera e tênue, enquanto caminhava em direção à porta entreaberta para rever a cena do assassinato.

As lembranças devastavam seu espírito enfermiço,
caligem prenha de significados.

Matou primeiro o pai. O gordo e elegante pai.

Sabia que, assim, a mãe restaria emoldurada pelo assombro,
à espera, ela também, da morte,

e se debruçaria sobre as teclas do piano, produzindo um som-sinônimo-de-culpa que jamais escritor algum ousara conceber como Poema.

Cravou no pescoço, cavoucou, remexeu, sentiu milímetro por milímetro a adiposidade erudita, fincou em cada veia seu sonho de redenção, fixou-se no olhar do patriarca enquanto girava o punhal na mão contorcida e percebeu que somente a sua morte faria dele um sujeito.

CORTE V – FÁBULA

A queda do gordo e refinado pai pareceu demorar incontáveis batidas no relógio de pêndulo.

Obviamente, foi mais difícil arrastá-lo da sala ao quarto que carregar o leve-como-libélula corpo da mãe. O peso do pai não era só matéria. O desprezo e o nojo que sempre sentiu pelo filho pesavam ali.

(O impalpável, na morte, torna-se imponderavelmente concreto).

Derrubou a taça de vinho ao passar próximo da mesa de madeira, rente à poltrona onde o pai lia *Das Unheimliche*. No original alemão, claro. A obra recém-lançada tornara-se uma obsessão. Por longas e intermináveis madrugadas se dedicava à releitura do texto. Numa delas, o pai assustou-se com seu reflexo no espelho. Ia apenas dizer que não conseguia dormir, mas saiu o mais depressa que pôde, quando, também através do espelho, viu o rosto do pai, em espanto.

O momento mais difícil da transposição do corpo foi no corredor. Com a porta do quarto fechada, com todas as portas das dezenas de quartos fechadas, o breu era mais intenso que a ferida da sua coxa.

Atrever-se a acender a luz seria trazer uma nitidez Moderna ao ápice do seu Romantismo: só o Mistério da Morte e sua nebulosidade fazem do homem um ser íntegro.

Para além da escuridão e do peso, o que tornava mais árduo o trajeto era a vontade de beijar o pai. Deitar-se sobre ele e pousar sua estranheza no patriarca das palavras filosóficas, contando-lhe uma história na qual o amor fosse o regente dos encontros, a compaixão dos anjos trouxesse mínima esperança, e os lábios que escancaravam o desprezo de tê-lo como filho finalmente dissessem:

Perdão, meu menino.

Foi então que o inaudito se instaurou, ave que sai do oco do tronco e bica O Semeador até que ele definhe com a palavra em punho:

serpenteando, a mãe apareceu,

assombração com sangue escorrendo pelo pescoço, e perguntou:

Por quê?

Ele foi em direção a ela, ajoelhou-se, pegou com as mãos deformadas seu rosto, a maquiagem noturna permanecia como nova, a sombra azulada sobre as pálpebras espaçosas dava-lhe um ar de ternura...

Não respondeu nada. Estrangulou-a.

Estrangulou-a até quando não era mais necessário,

muito tempo depois de que estava morta, continuava estrangulando-a,

Agora?

Gelado, o pai guardava ainda ar de vida.

As papadas róseas nem pareciam de defunto.

Os olhos continuavam abertos, e ele não iria fechá-los, não, nunca.

Janelas para o nada, deixaria o pai enxergando o vazio.

Que mistério advém do cadáver da mãe e do pai diante do filho assassino? Que alma sobrevoa a mente de quem matri-patricidiou? Quais escombros alicerçavam a casa da infância e agora sustentam a necessária ruptura, a ruína,

a queda inevitável para se alçar voo?

Abriu um pouco a porta do quarto para deixar outro tom de noite invadir o corredor e se sobrepor àquele anil brutal que ocupava o espaço. Diante dos dois corpos, meditava sobre o Belo. O Belo da morte. O Belo na morte. Sobre. Com. Para a.

(A Morte, esteta que pinta a nanquim os traços do pavor, canta à capela o estertor, esculpe com cinzel de prata as carnes de quem ceifa).

Lado a lado, pai e mãe só para ele, luzentes na morte, só para ele.

Só.

No quarto, ajeitou o pai sobre o *recamier* azul-veludo, deixou o roupão aberto até um pouco abaixo do peito, passou os dedos sobre, leves, delicadamente sentindo o amor – que de um lugar muito, mas muito recôndito tocou-lhes.

Depois a mãe, sobre a cama, no lado oposto ao que dormia, recostada no travesseiro de seda perolado, ajeitou-lhe o cabelo, acariciou-lhe o rosto, a boca, o pescoço. Deixou cair o braço, o tecido roxo-olheira rente ao chão, escorrendo...

Só então repousou o punhal.

Ao observar a cena, à distância, desde a porta, seu corpo se sacudiu. Como um bailarino criando movimentos para a *Funérailles* que a mãe tocava com maestria, o corpo, fogo sob chuva, lutando, lutando, fogo crepitante das velas que acabara de acender, casulo de chamas retorcendo-se e expandindo-se, mariposa rubra, sangue-labareda, era Seu aquele instante, de Suas dores nasciam os espasmos tortuosos de Ser, naquele instante, asas rotas, revoadas de aves feridas, olhava a cena e o seu corpo exuberava-se, numa expressão desumana e a mais humana que até então havia manifestado

exuberava-se!

Pegou a aliança do pai. Pegou a aliança da mãe. Uniu-as e forçou-as em seu dedo até que lhe rasgassem a pele, cortassem os músculos, cravassem seu metal nos ossos: reconheceu-se, então, quem sempre fora: o corte que desafia a lâmina.

A cicatriz que acolhe a pura epifania.

O câncer mítico, universal, cósmico.

Atávico.

Retraçou o corredor, arrastando os passos, iluminado pelos rascunhos da manhã, pelas primeiras formas de Sua Beleza, e as sombras na parede "dançavam, dançavam, gabarra sem mastro", libertas,

finalmente as Suas Sombras,

as Suas Obras...

LÂ

Ao olhar acostumado a ver os mendigos como massa intrusa a contaminar as ruas da cidade com mau cheiro, feridas, mijos, cagadas líquidas em qualquer esquina. Acostumado a ver esses andarilhos purulentos, com cães cobertos de pulgas e uma loucura escancarada na boca,

ao olhar desatento desses, aquela senhora nunca poderia ser a Justiça encarnada.

Mas era.

Naquela manhã, enquanto ajeitava os cobertores de feltro sobre o corpo opulento, arrumando as mangas para que ficassem bufantes. Enquanto cobria-se de forma lenta e imperiosa e retirava de sua sacola a espada de ferro, a balança de cobre e a coroa de papelão – no topo, o desenho infantil de um olho vermelho –, e ainda mais quando, solene, caminhou na direção do Mosteiro,

aproximei-me dela,

como de uma ancestral de quem há muito tempo me recordava, mas nunca tivera o privilégio de conhecer, assim, tão próxima quanto meus óculos embaçados.

— Eu estava te esperando — ela disse — voz gutural, e retirava da sacola um punhado de terra com raízes que mais pareciam delicados fios de lã roxa. — Tá escrito. Você não tem como fugir. Foi você que escreveu — e lançou a terra com força na minha cara.

Olhei ao redor procurando uma testemunha da agressão – saberia ela do meu segredo? –, mas não havia ninguém. Só o Largo vazio, o Mosteiro.

Era noitejá

Nu, sem os óculos, deitado no chão, rastejante, conduzido pela espada cujas pancadas nas costas direcionavam meus movimentos contorcidos

serpente enxotada diante dos anjos que comungavam com aquela senhora

a me colocar frente a frente com minhas fraquezas mais pungentes.

— Fala. É tua última chance. Confessa, imundo.

Seu grito espalhou-se Mosteiro adentro. O órgão ressoou uma melodia fúnebre. Ela abriu os braços e sua túnica agigantou-se em sombra que me cobria e enregelava. Eu tremia. Clamava por perdão. A espada percorria minhas costas, da nuca ao cóccix, as nádegas, o ânus.

De quatro, penetrado, rodeado pelos oito cães que surgiram uivando, entre gozo e súplica, cravei as unhas no pescoço. Roxos, os meus dedos, como as raízes daquela terra. Cortavam minha jugular, sangue espesso.

Sim, eu tinha culpa. Sempre tive. Sempre temos.

Ela enfiou mais a espada. Gemi. Mais gozo, menos dor. Era sagrado. O retorno a mim mesmo. A redenção necessária. Do Mosteiro soava um trítono, os oito cães me lambiam as bolas, a nuca, os mamilos, mordiscavam meus pés. Meu gemido confundia-se com as dissonantes notas. Ela fincava mais a espada. Do olho vermelho de sua coroa gotejavam flores brancas que eu comia com voracidade, recolhendo-as do chão como alimento proibido, me contorcia mais, o orgasmo tomava meu corpo, os cães me beijavam enquanto eu rebolava, cadela sedenta.

Ejaculei como quem morre, o esperma disputado pelos oito cães, ela retirou a espada do meu cu, raízes roxas saíram do intestino tomando por completo o Mosteiro, o Largo, as pessoas, era de novo dia, oito horas no sino, meninos púberes recolhiam meus restos – havia imponência em seus gestos –, recolhiam meus restos – havia alívio em seus olhos – recolhiam meus restos – não havia perdão em seus corpos – e como poderia haver?

– e entregavam meus restos à senhora, que os colocava na balança de cobre, equilibrando vísceras e ossos, cartilagens e mucosas, órgãos, pelos, peles...

– após dar o exato peso, a precisa medida de cada parte minha –,

aninhava-as em sua sacola.

Restou-me apenas a bocarra escancarada e meu falo goela abaixo. Num último suspiro, consegui pronunciar, balbuciante, a sentença que há tanto tempo eu esperava: culpado!

Os garotos púberes guiaram, em cortejo celestial, a Justiça de volta à sua humana errância, não sem antes pisotearem – justamente! – os meus óculos.

Não mais embaçados.

Antes, nítida e claramente revelados.

O OUTRO, ESTE

Há sempre um outro me assombrando. À espreita. Olhando através da fresta da porta, prestes a cruzá-la, se aproximar de mim e me asfixiar. Um outro-sulco, ranhura, fenda. Um outro que estala os nós dos dedos e lança olhares pontiagudos sobre mim. Certeiros. Perfuram a ferida sedimentada, fazem jorrar o pus-fóssil, a pústula renasce, aflora. Um outro que me densifica e fragiliza. Um outro em forma de medo, entalhe de faca-ferrugem sobre a pele, unhas cravadas nas bochechas, Maldoror em cada degrau que leva ao quarto, passo por passo, lento, esse outro caminha até mim. Escondo-me debaixo da cama. A barra da cortina branca, leve, move-se quando ele passa. É tênue, a morada do pavor. Parece poder se quebrar a qualquer instante. Romper-se em estilhaços de vidro, espatifar-se em centenas de cacos que refletem o céu sem alcance, e tão pesado. Esse outro, tantos, move-se ora rastejando, ora ereto, gigantesco. Com seu falo-totem, mítico-abusivo, fetichizado no altar das dores mais fundas, o sujo espaço-templo onde permanece o falo-mítico, no que tem de mais carne, no que tem de mais cósmico, e essas memórias onde o grito engole-se a si, silêncio palpável, entredentes... Debaixo da cama, passo por passo, Maldoror e sua bocarra a engolir meus desejos de menino. Há um outro, sempre, me perseguindo. Onda de mar noturno, sem peixes, sem plânctons. Mar medonho. Esse outro, tantos, me agoniza os sonhos. Me rasga o sono, penetra o travesseiro e lá fica, avolumando-se enquanto finjo dormir. E um outro ainda, múltiplos, rondando o jardim. Bate na porta. Quem é? Quem abre? Quem arromba? Corro para o fim do corredor, caio de joelhos diante da porta fechada, esmurro a porta fechada, choro recostado à porta fechada. As chaves penduradas na cintura de Maldoror, o tilintar dos ferros. Passo por passo. E na cozinha há também um outro, engordurados. E no banheiro, refletido no espelho, desfocado – outros hão de chegar para ocupar o mesmo espaço-reflexo, esses de olhos arredondados, mãos peludas, ombros curvados. E há os tantos outros que circundam a casa em suas motocicletas ruidosas, Marlboros pendurados em bocas contornadas por barbas farpadas, empinam, cavaleiros de meus atávicos escombros – comercial de TV. Outros reluzem com lanternas apontadas para o rosto. Gargalham. Adentram a sala, o breu da madrugada sem estrelas ocupado por cabeças que flutuam sobre o aposento. Gargalham. Uma dança de cabeças iluminadas por lanternas. Gargalham como hienas. No fim do corredor há uma porta recém-aberta. As chaves sobre o móvel. Na cozinha, o saca-rolhas recém-usado. Descarga no banheiro. No espelho, esperma. No jardim, a poda das roseiras, o florescer dos Antúrios. Nas motocicletas, o cavalo de pau. Eu encolhido no canto da sala. Há um outro, vários, sentado no sofá. Pernas cruzadas. Também fuma Marlboro. Baforadas de encher o peito. Descruzam as pernas. Eu, escondido atrás da cortina. Passo por passo. Um outro retorna do trabalho. Abandona o paletó sobre o braço da poltrona. Junta-se aos outros, descruzam ainda mais as pernas. Os de mãos cabeludas quebram as lanternas no chão. Passo por passo, Maldoror desce as escadas. Debaixo da cama, recolho os restos das lanternas quebradas, estrelas que salpicam o chão de cimento queimado. Pequenos pontos de luz cravados na coxa, finco-os. Um tremor faz o falo-mítico reverberar na caverna do culto ao comercial de TV, e essas lembranças onde dançam cabeças que gargalham com dentes de lâminas, expostas, explícitos. O corte as desafia. Resiste ao gelo com o calor do sangue. Regurgita o ódio, expulsa, expurga, de novo absorve, sorve a lâmina, lambe o fio, navalha-se.

Maldoror assiste à cena
    regozijando-se.
    Os outros o acompanham, apinhados.

Nunca mais o mesmo.
    Passo por passo, saio de casa.
    Com os outros espalhados dentro de mim.
    Sempre.
    Assombrosamente convivendo-me.

ENTREFÁCIO DO DESEJO

Desejo é Poesia.
Desejo é anterior à Poesia.
Poesia é Desejo-grão-de-Cosmos
Desejo é Cosmo-grãos-de-morte.

~~~~~~

Entre a onda e a onda, o desejo,
maremoto de estrelas caídas,
ribombo de gemidos em céu sem lua,
o escuro, engolido por vagas gigantescas,
a noite-breu que ainda assim se ilumina
no profundo do inconsceano.

~~~~~~

O desejo pôs-se entre nuvens, virou tempestade, rebentou mar.

~~~~~~

O único aforismo possível nasce do desejo de escrever aforismos.

~~~~~~

Só o desejo, em si, comporta
a maré mansa que acolhe o ocaso
os sexos vorazes dos meninos em noite de uivos e danças
o despontar da primeira estrela que arrasta consigo
[os luzeiros ocultos

a cadente que risca a palavra corte na pele do céu
sangra, na via láctea que amamenta possibilidades de cura
(ainda que em tanta dor habite a memória da infância).

~~~~~~

Desejo como verdade literária.
Desejo da lâmina, da palavra, do êxtase.
Da lua cortante, verbo em espelho d'água,
o sintagma, a alma.

~~~~~~

O entrefácio é a face cortada
o entremeio da carne
as nervuras rasgadas
a metáfora-lâmina
a margem
esquerda
            e a
                    direita
da mesma cicatriz.

O entrefácio é a face canhestra
a destra avessa
a lâmina do espelho cortando o
sint
agma
outro alfabeto se talha
na pele do verbo arredio
que resiste, imperativo, à lâmina
desafia-a.

~~~~~~

Escrever sobre o desejo significa a impossibilidade de atingir o
significado desejado.

~~~~~~

Contemplar o entreondas e ler o mar: eis o ofício do Poeta
o atávico medo de Menino.

~~~~~~

O desejo descabe.

~~~~~~

Será a morte maior que o desejo?

~~~~~~

Mesmo quando saiu do mar, não deixou para trás o desejo de
[ser mar.
Mesmo quando feriu o pé no ouriço à beira-mar.
Sangrou salgado, e do corte jorrou o primeiro fio de mar, ainda
[rio, mar porvir.
(Desejo é a repetição da palavra mar, esse ir-e-vir eterno).

~~~~~~

Escrever é desejo.
Morrer de desejo é pleonasmo.

Morrer de escrever é Metáfora.
Morrer de Metáfora é o Destino do Desejo.

~~~~~~

Entre a Metáfora, o Destino e o Desejo,
O corte que desafia a lâmina.
~~~~~~

— O limite entre o voo e o pouso está nas garras, não nas asas dos pássaros.

— Você não me deixa voar. Isso não é amor.

— E você não me deixa pousar. Isso também não é amor.

— Você chama de pouso o peso.

— E você de liberdade a ausência.

Vejo-os envoltos em nebulosa, a boca de Um suga a do Outro,
quase um afogamento
um suicídio.

Quero correr para impedir, mas dou o primeiro passo e Um expele o ar, bruto, e puxa a cabeça do Outro, a mão na nuca como quem sente medo da perda.

— Você tá me machucando. De novo.

A resposta foi um beijo.

— Quando eu te chamei pra mergulhar no abismo, você disse que ia.

— Eu fui.

— Não fundo o suficiente.

— Por que vem sempre de você o desejo dos nossos quereres?

— Eu te avisei que eu era um abismo.

— E eu te avisei que eu não sabia voar.

— Caísse, então!

— Mais?

Um longo relâmpago esparrama-se. A ave ancestral pousa sobre a lâmpada do poste.

— Se eu caísse mais, seria eterno...

— Você tá me matando aos poucos...

— E você já me matou tantas vezes...

O trovão ecoa pelo tempo, mais um beijo. Um pega Outro pela cintura e assim ficam, até que as asas da ave ancestral voltem à posição original após um agigantado abrir-se: faz-se sombra num raio de quilômetros, mesmo que novo relâmpago se estenda pela terra toda.

— Feridas densas não se curam nunca.

— Eu acreditei que o amor pudesse curá-las.

— A gente sempre acredita.

Tremo com o grito-trovão da ave ancestral. Os amantes ficam na mesma posição.

A ave ancestral levanta voo. De suas garras saem espelhos com asas, em rasantes cercam os rostos dos amantes, girando, girando

a multiplicidade daquelas dores de amar se refletindo nas gotas da chuva.

Violenta, escorre sobre a superfície especular criando fractais que se expandem.

Me aproximo, a ave ancestral me vigia bem de perto. Espio o proibido através da fresta da antiga porta de ferro.

Já bem próxima de Um e Outro, os espelhos-ave tombam no chão,

estilhaçando-se.

Olho em um deles: meu rosto revela o quanto eu nunca

tinha me lançado ao amor com a verdade que esse sentimento exige. O quanto havia mergulhado em abismos rasos, à espera de uma entrega de oceano.

Nos olhos de cada um, a ave ancestral finca seu bico longuíssimo e fino, ultrapassando-lhes o crânio. Os amantes caem nos meus braços. Recosto Um e Outro em meus seios. Vejo, dentro dos abismos oculares

caindo
leve e eterna
uma pena rubra da ave ancestral
queda infinita.

PICADA

Poente.
Meu braço sobre sua perna.
A cabeça recostada no ombro.
Silêncio delicado de machos.
O horizonte lilás sobre nós.
A primeira estrela nas costas.

A melodia do entardecer em nossos olhares desviados
no quase beijo
a distância mínima e o proibido caindo da árvore
espatifando-se desejo no chão
sorrisos cúmplices, secretos
e a densidade de quem pulsa.

Estávamos sós, sentados à beira da piscina
– sua mulher e seu filho tinham ido pegar algo na casa –
você me mostrava imagens de insetos
mirando-os com seus olhos de sapo.

Despretensiosamente nos tocávamos. Eu encaixei ainda mais a cabeça na curva do seu pescoço. Você deixou que eu ficasse assim, pelo tempo das cores, das asas, das antenas dos bichos extraterrestres, imagens na tela do celular, minha mão encostada na sua, ríamos daquelas formas belas e estranhas, me soltava mais sobre seu corpo, encaixávamo-nos, com aconchego – era a primeira vez, mas não era, entende?

– ambos sentíamos a eternidade... Até que você disse "caralho, meu pé dormiu".

E se afastou, esticando a perna. Massageei seus dedos. Sem querer toquei na unha encravada. Você se levantou, "a costela tá pronta".

Eu fui atrás.

Com o facão você partia rente ao osso a peça em pedaços, bruto.

Eu perguntei se a unha ainda estava doendo, acariciei seu dedo,

você deixou-se ficar, eu a beijei – "assim não"!

Eu o olhei, implorando, e a beijei de novo.

Sabia que era amor, a recusa.

Você também sabia.

Breve, fugaz e etéreo amor, como o bater de asas daquela espécie de marimbondo de ferroada que queima como ácido – qual é mesmo o nome dele?

NÓ

Sentado, nu, sobre a raiz da árvore. As nádegas abertas encaixadas contornando a madeira,

o nó, os musgos, os pequenos musgos pelos pubianos,

olhava para cima e via a copa robusta e vasta, segredando-lhe, também, seus desejos de sombra,

as pernas dobradas para trás, a parte interna das panturrilhas encostadas às nádegas, as plantas dos pés enluaradas suavam enquanto o ir e vir de todo o corpo, mínimo, pequeno, quase imperceptível, fazia com que tremesse minúsculo, galope de brisa mansa,

a casca da raiz umedecendo-lhe as pregas, o róseo orifício onde o nó penetrava, nó de nau,

ele, navegante em sonhos de liberdade, imaginava um leme à sua frente, girava-o à esquerda e à direita, desviando das vagas assombrosas que surgiam enquanto atravessava o mar rumo à Ilha,

o nó do tronco lhe confessando os movimentos da seiva, os braços no leme cada vez mais ativos, atravessando as ondas de seus orgasmos,

um oceano de gozo, imenso em gestos ínfimos, maresia e névoa rondando-lhe as pálpebras semicerradas,

as folhas gigantescas crescendo em direção à sua plenitude, Uno Ânus úmido sob a lua de sangue, mês de maio, Lua de Vesak, a Bunda do Buda aberta à iluminação, cheia, prenha, prolífera, prolixa de gemidos,

o nascimento da Linguagem,

lábios em comissuras Pré-Históricas,

o nó da Linguagem despertando a Kundalini,

o Tao do Nó no Ânus.

Vermelho, calças arriadas,
o falo-totêmico exposto,
agachou-se e pegou uma pedra.

Ele o via, um clarão rubro difuso, havia algo de deus nele, caminhava em sua direção, lentamente, muito lentamente,

as calças caindo mais, nos tornozelos já, a fivela do cinto arrastada sulcando a terra, a visão ficava mais turva, as folhas das árvores tocavam o chão, o nó da raiz prestes a rebentar broto em seu Ânus de Vesak, o orgasmo

– via-o indo ao seu encontro, se masturbando, freneticamente, até que ergueu o braço e, enquanto esporrava, arremessou a pedra –

A última visão, no instante mesmo da epifania.

GENGIVAS

Enquanto cravava a unha na gengiva até sentir a naturalidade desconcertante do sorriso estilhaçado, o espelho lhe revelava, também, suas outras dores.

Comprimia com força os olhos num reflexo à agudeza de rapina daquele gesto. Nesses momentos, sangrava mais por dentro. Mesmo de olhos fechados, ainda assim via os debuxos que fragmentavam sua expressão

era antes nas mucosas o estilhaço: não é, o duplo, o espaço onde nos revelamos frágeis? O interno onde carregamos de densidade o sutil lampejo da existência?

FERIDA II – ZONA POÉTICA

Toda existência cabe numa mucosa ferida.

FERIDA III – ZONA ADESIVA (OU INSERIDA)

Havia sempre muita agitação na rua. Seu banheiro dava para uma avenida noturna, daquelas que amanhecem de porre e onde bebem os passantes mais sôfregos – toda noite era um abandono, não adormecia com os beijos que dera – restavam apoiados no poste, com sua vermelhidão de neon de motel barato.

O dia mal tinha acabado de entrar pela vidraça do banheiro enquanto ele cravava a unha na gengiva. Abriu os olhos. Borrado pelas luzes da cidade, que dançavam naquele seu já esgotado reflexo, o rosto em pantomima bizarra, máscara da superficialidade daquelas relações aboatadas. Todas.

(A cada gole, um pedaço largado na pista de dança. A cada carreira, um olhar de urso doido de pelúcia. Um pedaço abandonado na pista de dança que ele apanhava, rápido, que ninguém percebal, se recompunha, e seguia dançando e beijando como quem está prenhe de amor).

FERIDA IV – ZONA DA PAPILA INTERDENTAL

Além do indicador da mão direita, agora o do meio também pressionava possibilidades de esquecimento

solidão é aquele pedaço que deixou no canto mais escondido da boate, batendo em agonia por alguém que a levasse consigo

(apesar do dia lá fora, na escuridão da pista de dança o pedaço de solidão era o último vaga-lume).

Enquanto cravava a unha na gengiva, passava a ambulância das seis e meia.

MI

Não houve lâmina, corte, cicatriz.

Aparente.

Os órgãos dilacerados não denunciavam a feiura da morte, seu estertor metálico, quando o rasgo na carne se abre em flor de zinco, telhado onde gotejam manhãs de criança.

(um corte no texto se faz necessário toda vez que a dor não se explicita em palavras)

Não consegui olhar para seus rostos quando minha mão pousou sobre o caixão ao lado das deles.

Preto, lacrado.

Era eu, aos treze, morrendo naquele caixão?

(a dor brota e floresce na infância)

Corta para:

Mãos sobre o ataúde. Mãos de jovens mortos naquele céu de breu. A minha ao lado das deles. Espalmadas. Eu não olhei seus rostos. Não sabia suas dores, seus desejos de vida. Mas, como eles, morri um pouco ali.

O choro da mãe, o silêncio do pai.

A incredulidade em sua existência feroz.

A poética dilacerada da carne. A filosofia estética do texto-lâmina, a obsessão

o pensamento

também atravessado pelo fio

a urdidura da dor

a cicatrização do que não se vê: as entranhas esmagadas de um jovem de treze anos significam o quê, nessa vida?

A morte presentificada naquele caixão preto, a redundância significante da dor, onde o sol poente rasga fibras, enquanto a primeira estrela desponta no céu.

Vermelha e sangrenta poesia,
a morte assim, bem antes do meio do caminho dessa vida.

Corta para:

Olho nos olhos de um deles. Aperto a palma da mão contra a quina. Choramos. Pressiono a mão. O corte sem lâmina. O rasgo poético. A madeira penetrando. A chaga do Cristo não crido. Aperto e faço pequenos movimentos circulares. A palma penetrada. A devassidão da dor. A reza na beira dos lábios. O lamento esculpido em murmúrios. Nossas mãos se tocam. A madeira quase no osso.

É compaixão o que sentimos, desejo
de que um ao outro pudéssemos nos abraçar

infinitamente...

Até a queda da estrela.

Noite imensa.

Névoa rente ao chão, casas flutuam.

O asfalto úmido espelha um candelabro de mil velas, rodopia de ponta-cabeça, suspenso por um fio azul turquesa. A ponta, lá de longe, no bico de uma ave minúscula – bate asas como quem morre.

Caminho a passos muito lentos, largos, inconcebíveis para uma criança. Chego ao fim da rua, um cavalo imenso e negro, e sobre ele um homem negro, muito grande, musculoso, pele reluzente. Correntes de ferro cruzam seu peito. O cavalo relincha, suspende as patas no ar. O homem negro arrebenta as correntes, um clarão explosivo faz tudo tremer. Do topo de um cume estreito e altíssimo, observo o homem cavalgar o universo, os elos das correntes transformados em estrelas.

Agarro-me à sua crina. Meu corpo sacode a cada passada. Meus pés roçam as estrelas. Cadentes, desenham arestas no céu. Na geometria cósmica onde eu trafego, um bailado ancestral me conduz.

Dançando ao som estreito que rasga a abóbada, a chama de uma das velas desprende-se, o candelabro crepita, meus olhos imitam seu movimento – pupilas monstruosamente lúcidas.

O homem negro pega-me no colo antes de eu me espatifar nos agudíssimos espinhos que brotam dos caules horizontais. Os grossos caules horizontais que se expandem naquela tecitura temerosa e bela.

A copa da árvore, descabelada até o abismo, com as pontas das folhas roçando a língua da Terra.

A minúscula e franzina ave pousa sobre meu peito – já não traz no bico o fio azul-turquesa –, enquanto eu tento me desvencilhar do homem negro, que, se antes me acolhera, agora me aperta, quebrando meus ossos um a um.

A ave-do-tamanho-de-uma-tâmara faz pequenos furos no meu corpo, e de cada um deles um micropedaço de osso sai. Um espeta o homem bem no centro da palma da mão esquerda. Ele dá uma pirueta para trás, senta-se novamente no cavalo, olhos fixos em uma janela.

Pode-se vê-la, sentada em um trono de âmbar, cercada por seus 201 filhos e filhas: seguram o fio azul-turquesa que outrora pertenceu à ave-do-tamanho-de-um-obi. Ela sorri, convida-me para chegar mais perto.

Todos os meus ossos já haviam saído pelas feridas causadas pela ave-do-tamanho-de-um-furo. O homem negro me faz bola de carne e me coloca diante das narinas do cavalo negro. Num sopro, rolo até o colo da Deusa.

Ela me acaricia e sussurra um verbo inexistente. E assim, com a ave-do-tamanho-do-vazio ciscando em mim, caio, rodopiando, com os 201 filhos e filhas da Deusa me perseguindo enquanto gargalham.

Rolo rua abaixo, agora de asfalto seco e fervente, e as feridas se abrem mais, flores em sangue. Cada um dos 201 filhos e filhas da Deusa passa o fio azul-turquesa pelos meus micros ossos e costura em mim o símbolo do infinito, fechando as pústulas escancaradas.

A ave-do-tamanho-da-Deusa abre as asas.
O homem negro
sobre o dorso do cavalo negro
sobre as asas da ave-do-tamanho-de-Mim-Mesmo
sobre aquela noite imensa
sobre as arestas das cadentes
escreve o sonho do Velho,
de passos muito ágeis, vigorosos,
inconcebíveis para um ancião.

(No oráculo sobre a mesa, a cigana tira a carta da ave-do-tamanho-do-inconsciente – anuncia em pios longuíssimos o início de um sonho eterno. Ali, naquele poente-prenúncio-da-noite-imensa, essa tessitura.)

Há, em todo pássaro, um limite de liberdade e morte.
A mesma garra que impulsiona para o voo é a que
[sustenta o pouso
(e todo pouso de pássaro carrega um pouco de morte.)
Há, em todo pássaro
uma chama alimentada pelo vento de seu voo
se apaga
fim do dia
no galho repousado.

Viu a ferida na asa do pássaro. O poente enrubescia ainda mais o corte, fazia-o brilhar, pulsando, enquanto a cabeça virava de um lado a outro, animal à procura do refúgio impossível. Olhou também a sua – um fino corte no antebraço esquerdo, mínimo, mas que logo estaria inflamadíssimo, dada a potência do veneno do espinho onde, de raspão, sentiu a imprevisibilidade da vida.

É sempre assim, a imprevisibilidade da vida: a existência de um veneno qualquer à espera da pele.

O pássaro azulado anoitecia. Seu corte, lunar, prata escorrida nas penas, a cloaca mítica a abrir-se e fechar-se, movimento ritmado de dor. O dele, de um roxo vivo que se expandia, territorializando-se – ilha purulenta. À luz da lua, era de uma beleza aterrorizante.

Ele pousou os olhos sobre a mácula, desejo de rapina, impulsionou voo em direção ao arquipélago, e, com as garras paradas no Tempo, ficou bem rente ao membro, as asas agitadas e o grito dos que estão prestes a morrer, gotejando sua substância nos veios envenenados.

Até que as fincou, e dançou uma dança histriônica e livre, e riscou palavras indecifráveis, e piou longa e soturnamente, enquanto o homem envoava o antebraço em direção à bocarra, e arrancava sua cabeça, e bebia do seu sangue, e deixava-se cair, repousando sobre o centro de sua floresta escura.

O OUTRO, EU

Mais que sombra, uma fresta sobre a areia da praia. Fenda. Passagem para o não-tempo. O menino, sorrindo, caminha – é dos pés que parte a sua projeção, estendendo-se em mancha diagonal até o mar. Águas cercam as montanhas ao fundo – ou por elas são cercadas? O braço esquerdo, suspenso, é o único que se lança também como sombra no chão. O outro, rente ao corpo, talvez toque o espaço-mistério e afague estrelas trazidas pelas ondas espelhadas do duplo. Ou ouriços – quem sabe?

O que sentiria se apertasse o ouriço do duplo? Pontiagudo, atravessaria quais linhas riscadas do destino, quais memórias sangrariam, escorrendo desde o lado-outro-do--mistério-espaço de sua infância secreta?

Mãos delicadas de criança às vezes sustentam pesos indecifráveis.

Um menino que aperta um ouriço acessando o seu duplo-escuro atravessa quais possibilidades de linguagem? Qual texto-outro pode surgir quando a dor contida nos espinhos é infinitamente menor que a das entranhas?

Uma paisagem inversa onde palavras coagulam-se a cada ponta que penetra na palma assustada.

Coagulam-se e explodem.

E de novo se coagulam em pedaços menores.

Revelar-se requer mostrar a cicatriz, deixá-la exposta, mãos espalmadas os minúsculos furos salpicados pelo sol quentissimamente abertos.

E o corte tênue entre um pular de ondas e outro brincadeira que acoberta as violações.

O chamado vem do mar...

Ondas pequeninas, olhos de gaivota, beira de montanhas, limites tão tênues...

O menino e sua sombra revelam-se: como adentrar esse universo?

Como percorrer esse espaço de grãos, sais, poros?

Como a imensidão e o diminuto, ambos Cosmos, tateiam-se em amor de écran?

Qual falta de sentido é toda a exposição que realmente importa,

que fantasiosamente desimporta-se?

Um passo e a sombra assoma-se, ventos outonais, voz marinha:

— Vem, eu o acolho em mantos esverdeados,
abarco seu Sonho de castanheiras
resgato sua leveza e dela faço cálice para meu deságue.

— Se vou, me perco de minha mãe.

— Por que esse medo? Esse apego? Essa falta antecipada?

— Por que esse desejo de me ter? De me fazer espelho do céu? Me levar com você pelas profundezas do seu corpo?

— Porque mora em seu desejo a minha amplidão...

— Por que em mim está cada gota do seu infinito?

— Sim... Vem!

A sombra do menino desloca-se. Percorre pequena distância. Olha.

Vê o Sol, a Mãe, o Menino
sobressalta-se e diz:
— Vai!

Ele, desnudo de seu duplo, abandona o ouriço e segue para o fundo do Oceano.

Íntegro.

O mar agigantado ribomba, sob a sombra de si mesmo.

Um Deus de falo minúsculo emerge, coração imensurável de valvas.

NA

Na praia, silêncio onde murmuram ondas e vento. Imensidão onde se desmesura o desejo, arco da Terra, corda de Harpa. O extático devir (e não teria como não o ser, extático), quando o Belo anuncia a cada passo sua existência Divina, revelava-se no mesmo ritmo em que respirava. Enquanto passava a mão na barba envelhecida, atreveu-se a olhar no olho do Sol.

Então se descortinou o inominável: a rachadura semântica onde atravessam os não-verbos, a claridade da não-palavra, a expansão quântica do não-sema – o não-significado do vivido

o É.

Queimava na alma o olho do Sol.

Abrasavam-se os pulmões.

As veias-lava inundando de verve o coração. E o silêncio onde falam as batidas do incompreensível. Quando não mais suportava o olho do Sol em si..
....correu.

Cegueira incandescente o tomava, corria vermelho-vivo. Atravessava o tempo qual faísca a recriar-se. Passos de embriaguez rubra, a serpente coral de seus lábios em ardência orgíaca, a secura da sede, o soslaio do poente, caiu.

De joelhos, abria os olhos até que, antes que pudesse ver, ouviu: um som oco, abafado, quente. Um toc toc toc toc toc toc que deu lugar a uma pausa mais demorada, repouso da substância do Tempo.

Engatinhando, deixou-se guiar, enquanto seu olhar se habituava à nova luz sobre os olhos ainda baços, até o Enigma:

toc toc toc toc toc blóf blóf blóf blóf blóf...

... e foi então que viu, difusos...

Urubus bicavam, estraçalhavam, comiam uma tartaruga.

O olhar, onde ainda pousava uma réstia de sanguessol, fixou-o no acontecimento

no É.

Os urubus erguiam as asas, curvavam o pescoço apoiados em uma pata – a outra, dobrada, pulsava pequenos reflexos a cada vez que eles cavoucavam o que restava da cabeça do quelônio, olhos de fome, desejo de rapina, olhos de morte, o sol no seu último traço testemunhando através do olhar da tartaruga o seu olhar assombrado diante da mais crua manifestação do Divino, movimentos primordiais do Ciclo, os bicos cavoucando o que restava ainda das patas da tartaruga, eram cinco urubus, harmônicos, tocando a corda da Harpa com suas penas eriçadas de Tânatos.

Chegou mais perto, sentou-se, pernas cruzadas, mãos sobre os joelhos, ereto, olhos mergulhados nas feridas: encarar o Transe da Existência fazia dele próprio uma grande ferida em transe? Só assim existia?

Blóf, blóf, blóf, blóf, blóf – o compasso.

A Morte alimenta-se de si mesma, na Verdade.

Cravava as unhas nos joelhos enquanto inspirava o ar do Tempo que se consome em carne e transcendência, deixava marcas de dor em si para se lembrar daquele instante no corpo, cicatrizes testemunhas do incomensurável É.

Sangravam, ele e a tartaruga.

Inspirou o ar mareado da morte como quem bebe do Mistério, e, num ímpeto que rasga córneas e crânio, pulou sobre a tartaruga, abraçou-a, e correu em direção ao mar.

Os urubus, olhos de fome, penas ouriçadas de desejo, reuniram-se em rito em torno dele. Entrou no mar, braços erguidos em oferenda, os urubus sobrevoando-o

toc toc toc toc toc
    blóf blóf blóf blóf blóf

o É.

Submergia, as aves cavoucando o incognoscível, o mergulho no Transe da Existência se fez Divindade, os corpos todos se enlaçaram no silêncio onde suspiram conchas e Cosmos, e as aves, oceanadas em seu devir de peixe, carregaram-nos, ele e a tartaruga, na profundidade extática da Deusa.

Caminhava através da clareira da mata em direção à praia. Descalça. Os pés sentiam as deformidades do solo e as suas próprias. O solo sentia as deformidades dos pés e a sua própria. Ela chão, ele mulher. As terras conviviam em cumplicidade de acorde e escultura. Terras-pés, terras-ela, ela-solos, era noite – comiam os restos do dia, os cabelos dela pretos comiam a noite, restos de dia morno, o vento criava movências sutis na pele de maresia, cada célula-terra, cada célula-mulher atritavam-se delicadamente num mesmo universo. Mínimo e total. Caminhava alicerçando enorme incerteza: as mãos sobre o ventre.

Sentou-se no centro da dúvida. Sombreavam sobre sua pele folhas, riscados de seiva, ela-seivas, ela-noite cercada de árvores fecundas, ela-lua, no centro do caminho, cheia, encruza. No centro do centro, do inquieto movimento das possibilidades, o devir, esse cristal turvo.

As mãos sobre o ventre.

Olhou o motivo da dor: um espinho. Bem maior do que se concebe de um espinho cravado no pé. Inútil tentá-lo arrancar – quanto mais o fazia, mais penetrava na carne exausta.

Ao lado dela, uma árvore, tronco também de espinhos. Pressionou as mãos contra eles, viu escorrer o sangue em riscos que se sobrepunham às linhas das mãos.

O do pé cada vez mais fundo dilatava sua ânsia por liberdade.

Ela abriu os braços e girou, em êxtase que frutifica, girava no centro de si.

Desejo, Pulsão do Tempo, a cada passo que ela-cosmos dava no centro do Todo.

Se colocasse a mão dentro de si, na encruza do signo primevo, no exato epicentro da sua lua-mundo,

e se tocasse o Ovo Primeiro do Caos Criador,

e se acessasse seu poder mais abissal, gerador e mantenedor de todos os seres viventes e não viventes,

se penetrasse sua gema mítica e trouxesse consigo o Ovo Primeiro do Caos Destruidor,

o universo todo se expandiria de tal Forma que seria o Inevitável Fim.

Por isso ele a havia violentado tanto. Por medo de ter seu falo decepado pelo Feminino Ovo.

Quando deu por si, estava na praia. No centro do grão penetrado por um risco de lua. Estendeu as mãos, ensanguentadas, ajoelhou-se – as plantas dos pés enraizadas no Vazio – e suplicou à Deusa que lhe desse coragem para transcender da dor. Fechou os olhos, e foi então que a viu, vestida das folhas do Grande Livro.

— Pode vir. Eu estou aqui. Você sabe. Você sempre soube.

(Longa pausa no movimento do mundo – aquelas palavras, em silêncio, acolhiam-na.)

— Dê-me suas mãos, pouse-as sobre as minhas, vamos.

O céu fraturou-se, e o mar, num rasgo luminoso, abriu-se Ventre e Morte.

Gestou o Ovo do Amor-que-Nunca-Morre, e seguiu, livre, conduzida pela Deusa-de-Si-Mesma.

A cicatriz como estética.
O corte que atravessa a escrita, a carne, o verbo.
O sexo que fulmina o instante do poético, e vice-e-verso.
O corte que desafia a lâmina – lâmina-página,
[lâmina-folha, lâmina-vida
(e não há outra Forma que se conceba)
navalha-palavra
(e não há Forma outra significante que não essa,
[Morfelâmina)
corte-semântico, corte-epifânico
(e não há ressurreição que de outra Forma se
[Remorfonomeie)
morte e renascimento pelo corte
lâmina na Língua.

As línguas dos cães lambendo as bolas do saco do homem estuprado pela Justiça, o Falo-mítico – Maldoror e Marlboro, o desejo pelo Falo-mítico, totêmico, avassaladoramente prazeroso, dolorosamente a falta toda, essa foda cósmica, essa violência de onde brota a excitação extática do divino, essa trepada cármica, o sacrifício, o patricídio, o matricídio, a deformidade assombrosa do Barroco filho enfermiço,

toc toc toc toc toc – substância incômoda onomatopaica
blóf, blóf, blóf, blóf, blóf, – feridas aquáticas

pausa para o risível, e, então, a filosofia:

"A gargalhada ou o êxtase nos colocam à beira do mesmo abismo, é o 'questionamento' de todo o possível.

É o ponto de ruptura, do abandono total, a antecipação da morte.

(...)

A divina liberdade do riso exige a natureza submetida ao homem, e não o homem à natureza."

BATAILLE, Georges (1897-1962). O Culpado : seguido de A Aleluia : Suma ateológica, vol. II / Georges Bataille; tradução, apresentação e organização Fernando Scheibe. -- 1. ed – Belo Horizonte : Autêntica Editora, 2017. (Filô Bataille).

Título original: Le Coupable suivi de L´Alleluiah.

ISBN 978-85-8217-851-5

Descubro Bataille depois de ter iniciado a escrita de *O corte que desafia a lâmina*. A filosofia que trespassava meus escritos, sem que a soubesse, já era atravessada por um Bataille ainda não lido, por isso, um corte poético-filosófico preexistia como matéria comum, tensão dual como a das "esferas" de Sloterdijk, o sopro entre mim, o nome da obra, o pensamento estético da ferida, o filósofo, o gozo, o desejo.

O divinamente humano desejo.

Há estética possível sem que se mergulhe a ponta da faca – ou os bicos dos urubus – cada vez mais fundo? Há estética que exista sem que o corte duele com a lâmina até fundir-se a ela na esfera da Criação? Há autoria possível sem que a Morte, esteta do impossível, abra com sua foice um rasgo no Tempo Primordial? Haveria, então, o inevitável sopro onde se fundem criador e criatura, ou então a eterna pergunta kafkiana, nunca revelada, já que é a própria quintessência do mistério da matéria Literária para além de toda filosofia possível?

"O homem negro pega-me no colo antes de eu me espatifar nos agudíssimos espinhos que brotam dos caules horizontais. Os grossos caules horizontais que se expandem naquela tecitura temerosa e bela.

A copa da árvore, descabelada até o abismo, com as pontas das folhas roçando a língua da Terra".

ARRUDA, Antonio. "A Tessitura de um Sonho", in O Corte que Desafia a Lâmina. Editora Cachalote. Entrefácio escrito pelo próprio autor, corta o livro. Talvez sangre, talvez estanque, talvez bolha, talvez redenção pós-morte – ressignificação –; é o não-escrito o que fundamentalmente permite o movimento estético da cicatriz? Se a regeneração da carne após o enfrentamento demiúrgico entre corte e lâmina é a marca do tempo de vida e de escrita, o que resta ao Deus, ao autor e à obra senão um fim infindo?

Mas se é a Deusa quem tece...

E se é da Deusa o ouriço em que pisa o ser poético...

E se só da Deusa pode vir a cura e a transmutação...

Da tartaruga e do homem...

E se é só do Falo-mítico-totêmico que nasce o esperma-palavra que se fecunda na esfera do desejo batailleantoniônico...

E se o inconsceano é, talvez – e pretensamente o digo –, o neologismo primevo do meu corte que habita o antes do antes do Tempo...

como existir senão naquilo que escrevo, que me escreve, que se agita na esfera que é Exu, esse dínamo-desejo que me constrói, destrói e me refaz em Metáfora de mim mesmo?

A ação poética só é possível através do rasgo. E o rasgo só é real quando se faz metáfora, através da quintessência da pergunta kafkiana, a única que importa, pois indecifrável – sequer pronunciável.

Há estética mais viva do que a morte através da estética que se corta e se fenda e se funde e se rasga em estética de dor e gozo?

esse eterno ir-e-vir do verbo-falo-penetrante

essa estética que se autofecunda no desafio do enfrentamento demiúrgico

essa repetição de palavras que são as mesmas-outras

essas Formas em que me deformo reformo o retorno à esfera exusíaca

esse Cosmos que se autocria regula e estraçalha-se

essa transposição do invisível à matéria que habita o limite entre corte e lâmina

e vice-e-verso-uninverso.

"O que aqui se denomina esfera seria, pois, numa concepção primeira e transitória, uma bola constituída de duas metades, polarizadas e diferenciada desde o início, embora articulada internamente, subjetiva e viva – um espaço biunitário comum de vida e experiência. Assim, por meio da formação de esferas, aquilo que a tradição denomina espírito distende-se originalmente no espaço. Segundo sua forma fundamental, a esfera aparece como uma bolha gêmea, um espaço espiritual e vital de forma elipsoide com ao menos dois habitantes que, como dois polos, se defrontam e se ligam um ao outro. Viver em esferas significa, portanto, habitar o meio impalpável comum".

SLOTERDJIK, Peter. Esferas I : bolhas / Peter Sloterdjik ; tradução José Oscar de Almeida Marques. -- São Paulo : Estação Liberdade, 2016.

Título original: Sphären I : Blasen

ISBN 978-85-7448-247-3

Um dos SignifiCaos de Exu é Esfera.

É na esfera exusíaca do Falo-original que me refaço escrita. Que renasço no movimento do universo, autor de mim mesmo, Deus que sopra e é soprado, a insuflação proposta por PS é antes de Exu que de Adão, é da raiz preta que vem a esfera primeva.

"Pode-se vê-la, sentada em um trono de âmbar, cercada por seus 201 filhos e filhas: seguram o fio azul-turquesa que outrora pertenceu à ave-do-tamanho-de-um-obi. Ela sorri, convida-me para chegar mais perto.

Todos os meus ossos já haviam saído pelas feridas causadas pela ave-do-tamanho-de-um-furo. O homem negro me faz bola de carne e me coloca diante das narinas do cavalo negro. Num sopro, rolo até o colo da Deusa.

Ela me acaricia e sussurra um verbo inexistente. E assim, com a ave-do-tamanho-do-vazio ciscando em mim, caio, rodopiando, com os 201 filhos e filhas da Deusa me perseguindo enquanto gargalham".

ARRUDA, Antonio. Op. Cit. Página 80.

Da hipótese de uma escrita autorreferente nasce a enganação, o roubo no jogo, a trapaçação, os dados do acaso lançados girando eternamente no interior do corte, a estética, um tabuleiro vagando no vazio, onde, talvez, em algum não-tempo, esbarrem números ou nomes – e tudo não é, senão, signos? Ou o significado os antecede? Ou o significante Morfelamínico – anímico? – é a fonte caótica do devir poético? Ou, ainda, a esferonomia onde se fundem corte e lâmina, nesse enfrentamento demiúrgico redundante de dessignificados?

No esgotamento da dor me renomeio prazer.
No esgotamento da escrita me renomeio dor.
No esgotamento da palavra me renomeio nome.
No esgotamento do nome me desfaço em livro.

"Quando deu por si, estava na praia. No centro do grão penetrado por um risco de lua. Estendeu as mãos, ensanguentadas, ajoelhou-se – as plantas dos pés enraizadas no Vazio – e suplicou à Deusa que lhe desse coragem para transcender da dor. Fechou os olhos, e foi então que a viu, vestida das folhas do Grande Livro.

— Pode vir. Eu estou aqui. Você sabe. Você sempre soube.

(Longa pausa no movimento do mundo – aquelas palavras, em silêncio, acolhiam-na).

— Dê-me suas mãos, pouse-as sobre as minhas, vamos".

ARRUDA, Antonio. Op. Cit. Página 95. E a pergunta kafkiana, inominável, só se revela aos que leem de olhos fechados.

EU, O PERSONAGEM

Mais um passo e seria o abismo. A queda infinita. Tropeço após tropeço através do nada. Mais um passo e seria a trilha indecifrável, o caminho da errância, o percurso circular que vai do ser ao ser, incompreendido, incompreensível.

Seria o princípio incomensurável ou o fim que se pontua? Ou o etéreo e denso Retorno? O que seria se mais um passo me fosse concedido dar, livremente, por conta própria, por risco de arranhão em galhos longuíssimos que brotam das encostas do rochoso abissal?

Só mais um. Um apenas. Um único e inequívoco risco. Mas meu. Realmente meu, entende?

Um passo a mais que me fosse concedido dar e a história não seria escrita. Ouçam o que digo: a história não seria escrita!

Seria escrito o sonho de ser escrita.
Seria escrito o iogue de Jung.
A borboleta de Chuang Tzu.
Seria sonhado, então, o real texto inominado.

(a palavra-corte ceifada pela persona trágica
e a lâmina-cômica a zombar da cicatriz).

MINA-TE

A caminho do fim
olhei para trás e o vi
esgotado, penso
como se de fato fosse eu
como se de fato fosse ele
como se fôssemos, de fato,
o eterno corte que desafia a lâmina.

CARA LEITORA, CARO LEITOR

A **Cachalote** é o selo de literatura brasileira do grupo **Aboio**.

Lemos, selecionamos e editamos com muito cuidado e carinho cada um dos livros do nosso catálogo, buscando respeitar e favorecer o trabalho dos autores, de um lado, e entregar a vocês, leitores, uma experiência literária instigante.

Nada disso, portanto, faria sentido sem a confiança que os leitores depositam no nosso trabalho. E é por isso que convidamos vocês a fazerem cada vez mais parte do nosso oceano!

Todas as apoiadoras e apoiadores das pré-vendas da **Cachalote**:

> **— têm o nome impresso nos agradecimentos dos livros;**
> **— recebem 10% de desconto para a próxima compra de qualquer título do grupo Aboio.**

Conheçam nossos livros pelo site **aboio.com.br** e sigam nossos perfis nas redes sociais. Teremos prazer em dividir com vocês todos nossos projetos e novidades e, é claro, ouvir suas impressões para sempre aprendermos como melhorar!

Embarque e nade com a gente.

Cada livro é um mergulho que precisa emergir.

APOIADORAS E APOIADORES

Agradecemos às 242 pessoas que confiaram e confiam no trabalho feito pela equipe da **Cachalote**.

Sem vocês, este livro não seria o mesmo.

A todos os que escolheram mergulhar com a gente em busca de vozes diversas da literatura brasileira contemporânea, nosso abraço. E um convite: continuem acompanhando a **Cachalote** e conheçam nosso catálogo!

Acássia Melo
Adriane Figueira Batista
Adriano de Almeida
Alex Aref Adas
Alexander Hochiminh
Aline Leite Barreto
Allan Gomes de Lorena
Amanda Oliveira Pimentel
Ana Beatriz Coutinho
Ana Cristina Fazza
Ana Luisa Alves
Ana Maiolini
Ana Maria da Silva Faustino
Ana Paula da Silva
Ana Paula Minehira
André Guerreiro Lopes
André Pimenta Mota
Andréa Abramo
Andrea Yagui
Andreas Chamorro
Anna Martino
Anthony Almeida
Antonio Pokrywiecki
Antônio Souza da Cruz
Arthur Lungov
Bárbara Giorgion
Beatriz Amaral
Bianca Monteiro Garcia
Bruno Coelho
Bruno Leal
Caco Ishak
Caio Balaio
Caio Girão
Calebe Guerra
Camila Gonzalez
Camila Weiss Chan
Camilla Caminata de Gouveia

Camilo Gomide
Carina Alves Locatelli
Carla Carminholi
Carla Guerson
Carlos Eduardo Bernardo
Cássio Goné
Cecília de Albuquerque Coimbra
Cecília Garcia
Cezar Nascimento
Cintia Brasileiro
Clara Gouvêa do Prado
Claudine Delgado
Cleber da Silva Luz
Cristiane Pessoa
Cristina Machado
Damiso Faustino
Daniel A. Dourado
Daniel Dago
Daniel Giotti
Daniel Guinezi
Daniel Leite
Daniel Longhi
Daniel Rehfeld
Daniela Rosolen
Danilo Brandao
Darlei Possamai
Denise Katz
Denise Lucena Cavalcante
Dheyne de Souza
Diogo Mizael
Djin Sganzerla
Dora Lutz
Eduardo Rosal
Eduardo Santos
Eduardo Valmobida
Edyliane Noana Ferreira Dantas
Elisabete Rodrigues
Enzo Vignone
Eric Bighetti Mumic Ferreira
Fábio Franco
Fabio Saltini
Febraro de Oliveira
Felipe Sant'Angelo
Fernanda Mendonça Barroso
Filipe Garrote
Flávia Braz
Flávio Ilha
Francesca Cricelli
Francisco Augusto Meireles Barbosa
Frederico da C. V. de Souza
Gabo dos livros
Gabriel Cruz Lima
Gabriel Stroka Ceballos
Gabriela Machado Scafuri
Gabriella Valentini de Freitas Arcanjo
Gael Rodrigues
Gilberto Bazarello
Giselle Bohn
Guilherme Belopede
Guilherme da Silva Braga

Guilherme Ramos Boldrin
Gustavo Bechtold
Haná Vaisman
Henrique Emanuel
Henrique Lederman Barreto
Hortenciene Mota de Jesus
Isabel de Paula
Ivana Fontes
Jadete Calixto
Jadson Rocha
Jailton Moreira
Janete Castilho Sanches
Jefferson Dias
Jeison Borges dos Santos
Jessica Ziegler de Andrade
Jheferson Neves
João Carlos Guedes da Fonseca
João Luís Nogueira
José de Gouveia Neto
Júlia Gamarano
Júlia Jacomini Costa
Júlia Milaré Gropo
Júlia Vita
Juliana Costa Cunha
Juliana Flor Silveira
Juliana Slatiner
Júlio César Bernardes Santos
Julio Schneider Neto
Kenya Ayo-Kianga da Silva Faustino
Krishna Gomes Tavares
Laís Araruna de Aquino
Lara Haje
Larissa Teodoro Andrade
Laura Mogadouro Duarte
Laura Redfern Navarro
Leitor Albino
Leonardo Pinto Silva
Leonardo Zeine
Lili Buarque
Lolita Beretta
Lorenzo Cavalcante
Lucas Ferreira
Lucas Lazzaretti
Lucas Paolo Sanches Vilalta
Lucas Ricardo Alves Pessoa
Lucas Verzola
Luciana Moura
Luciana Rodrigues Loureiro Depieri
Luciane Cristina do Amaral
Luciano Cavalcante Filho
Luciano Dutra
Luis Felipe Abreu
Luísa Machado
Luiza Leite Ferreira
Maíra Thomé Marques
Maite Salinas
Manoela Machado Scafuri
Marcela Roldão
Marcelo Conde
Marcelo Davidovici
Márcio Mauá

Marco Antonio
Morgado da Silva
Marco Bardelli
Marcos Vinícius Almeida
Marcos Vitor Prado de Góes
Maria de Lourdes
Maria Fernanda
Vasconcelos
de Almeida
Maria Inez Porto Queiroz
María Isabel Irupé
Sarmiento Peretti
Maria Luíza Chacon
Mariana Donner
Mariana Figueiredo Pereira
Mariana Giorgion
Marina Lourenço
Marina Passos Tufolo
Marina Rodrigues de Paula
Maristela Costa
Mariza Scolari
Mateus Magalhães
Mateus Marques
Mateus Torres Penedo Naves
Matheus Picanço Nunes
Mauro Paz
Michele Caminata
Michelle de Souza
Machado Ribeiro
Mikael Rizzon
Milena Martins Moura
Mirella Lucchesi
Miriam Rachmann
Mirna Nogueira
Moises Mota de Jesus
Monica Maria
Fleury Camargo
Nadia Starikoff
Nancy Nery da Conceição
Natalia Timerman
Natália Zuccala
Natan Schäfer
Odylia Almacave
Otto Leopoldo Winck
Paula Ferreira
de Gouvêa Tobias
Paula Luersen
Paula Maria
Paulo Scott
Pedro Henrique
Ferreira Costa
Pedro Torreão
Pietro A. G. Portugal
Rafael Mussolini Silvestre
Raphaela Crispim
Regina Braz da Silva
Santos Rocha
Regina Mateus
Regina Negrini
Renata Gildin
Renato de Assis Rodrigues
Ricardo Botini Salgado
Ricardo Kaate Lima
Rodolfo Santos

Rodrigo Barreto de Menezes
Rogério Giorgion
Rosita Castro Neves
Samara Belchior da Silva
Samuel Medeiros Kavalerski
Sandra Carminholi
Sergio Mello
Sérgio Porto
Silvio Tambara Júnior
Soraia Ferini Namora
Tatianne Santos Dantas
Teofilo Tostes Daniel
Thais Fernanda de Lorena
Thassio Gonçalves Ferreira
Thayná Facó
Thiago Henriques Tiriba
Tiago Moralles
Valdir Marte
Vanessa Marolato Almeida
Victor Caminata de Gouveia
Victor Santos Vigneron
de La Jousselandière
Vitória Portella
Viviane Ka
Waldemar Gerolamo Júnior
Weslley Silva Ferreira
Wibsson Ribeiro
Yvonne Miller
Zuzu Leiva

PUBLISHER Leopoldo Cavalcante
EDITOR-CHEFE André Balbo
REVISÃO Marcela Roldão
DIREÇÃO DE ARTE E CAPA Luísa Machado
PINTURA Saulo Ellery
PROJETO GRÁFICO Leopoldo Cavalcante
ASSISTÊNCIA EDITORIAL Gabriel Cruz Lima

Grafia atualizada segundo o Acordo Ortográfico da Língua Portuguesa de 1990, que entrou em vigor no Brasil em 2009.

Dados Internacionais de Catalogação na Publicação (CIP)
Aline Graziele Benitez — Bibliotecária — CRB-1/3129

Arruda, Antonio

O corte que desafia a lâmina / Antonio Arruda. -- 1. ed. -- São Paulo : Cachalote, 2024.

ISBN 978-65-83003-41-6

1. Contos brasileiros 2. Poesia brasileira 3. Reflexões I. Título.

25-247133 CDD-B869

Índices para catálogo sistemático:
1. Literatura Brasileira

[2024]

ABOIO EDITORA LTDA
São Paulo — SP
(11) 91580-3133
www.aboio.com.br
instagram.com/aboioeditora/
facebook.com/aboioeditora/

[Primeira edição, dezembro de 2024]

Esta obra foi composta em Adobe Caslon Pro.
O miolo está no papel Pólen® Bold 70g/m².
A tiragem desta edição foi de 300 exemplares.
Impressão pelas Gráficas Loyola (SP/SP).

FSC
MISTO
Papel | Apoiando o manejo florestal responsável
FSC® C008008

A marca FSC® é a garantia de que a madeira utilizada na fabricação do papel deste livro provém de florestas que foram gerenciadas de maneira ambientalmente correta, socialmente justa e economicamente viável, além de outras fontes de origem controlada.